Besuch beim Philosophen

Besuch beim Philosophen

Versuch eines Gesprächs
zwischen Generationen

Joke Frerichs

Bibliographische Informationen der Bibliothek:
Die Deutsche Bibliothek verzeichnet diese Publikation in der Deutschen Nationalbibliographie; detaillierte Informationen sind im Internet über http://dnb.ddb.de
 abrufbar.

© 2022 Joke Frerichs
Herstellung und Verlag: BoD –Books on Demand
Norderstedt
ISBN 978-3755-707-998

In meiner Stammkneipe sitze ich gern am äußersten Rand der Theke. Von dort aus überschaue ich das Geschehen und kann meinen Gedanken nachhängen. Ich komme meist früh, wenn das Lokal noch fast leer ist. Heute arbeitet *Sebastian*, der Eleve. Er ist einer der jungen Leute, die hier aushelfen und sich etwas Geld hinzuverdienen. Ich unterhalte mich gern mit ihnen, und ich erfahre einiges aus ihrem Leben. Die meisten von ihnen studieren noch. Sebastian hat vor kurzem ein Stipendium von einer renommierten Stiftung erhalten und kann jetzt endlich seine Schauspieler-Ausbildung zu Ende bringen. Sein Lebenstraum scheint sich zu erfüllen.

Sebastian hat rumänische Wurzeln. Seine Eltern kamen mit ihm nach Deutschland. An Rumänien hat er keine Erinnerungen mehr. Sein Vater erzählt ihm hin und wieder einiges aus der Zeit dort. Und genau damit hat er ein Problem, denn die Berichte des Vaters sind widersprüchlich. Einmal hat er am Widerstand gegen das Regime teilgenommen; ein andermal ist er Mitglied der gefürchteten Geheimpolizei *Securitate* gewesen. Sebastian kann sich schwer einen Reim darauf machen. Er befürchtet, dass es seinem Vater vor allem darum geht, Spuren zu verwischen. Darüber will er später einmal ein Theaterstück schreiben.

Immer öfter kommt er auf das Thema zurück. So auch heute. Für ihn ist es offenbar eine *Suche nach Identität*. So ähnlich hatte er es bei einem unserer früheren Gespräche einmal selbst formuliert. Diesmal hält er ein Buch in der Hand und wedelt ganz aufgeregt damit herum, so dass ich den Titel nicht entziffern kann.

So etwas habe ich noch nie gelesen. Der Text ist voller philosophischer Anspielungen und amüsanter Anekdoten. Ich habe mich darin fest gelesen, obwohl ich nur Bruchstücke davon verstehe. Es geht um die Bedeutung von ‚Herkunft' für das künftige Leben. Du weißt, wie sehr mich das interessiert.

Er hält mir das Cover hin, und ich traue meinen Augen nicht. Der Verfasser ist mein alter Philosophie-Professor, bei dem ich vor Jahrzehnten studiert habe. Als ich Sebastian davon erzähle, starrt er mich ungläubig an, so als wäre ich aus der Zeit gefallen.

*

Wieder allein, kommt mir eine Idee: Wie wäre es, wenn ich meinem Professor von dem Gespräch in der Kneipe berichte. Vielleicht würde er sich darüber freuen. Und ich könnte ihn bitten, ihn einmal besuchen zu dürfen. Ich hatte lange Zeit nichts mehr von ihm gehört. Nur gelesen, dass er gelegentlich noch auf philosophischen Veranstaltungen als Gastredner auftritt.

Nachdem ich eine Nacht über mein Ansinnen geschlafen hatte, schrieb ich ihm. Ich zweifelte, dass er meinen Brief überhaupt zur Kenntnis nehmen würde. Ich war einer der vielen namenlosen Studenten, die seine Vorlesungen besuchten. 1968 war das gewesen. Kurze Zeit später wurden die Vorlesungen eingestellt. Die Studenten befürchteten, durch sie *indoktriniert* zu werden.

Während er nach und nach ins *konservative Lager* abdriftete, bewegte ich mich im *linken studentischen Milieu,* trat aber keiner politischen Gruppierung bei. Ich wurde zu einer Art von *teilnehmendem Beobachter* und engagierte mich in der *Hochschulpolitik.* Ich wurde in eine studentische Fachschaft gewählt, und auf diese Weise begegneten wir uns in einigen Gremien wieder. Er verteidigte vehement die alte *Ordinarien-Universität,* wir forderten Veränderungen in Lehre und Forschung und die Partizipation der Studenten an universitären Entscheidungsprozessen. Die Positionen standen sich unversöhnlich gegenüber und verhärteten sich zunehmend.

Ich hätte mich schon damals gern einmal mit ihm unterhalten, aber in dem damaligen Klima, das immer feindseliger wurde, war das schlicht unmöglich. Was sollte ihn also reizen, sich jetzt – nach so langer Zeit - mit mir zu treffen? Trotz meiner Zweifel schickte ich den Brief los. Er würde ihn ignorieren und ich nie wieder von der Angelegenheit hören.

*

Es vergingen mehrere Wochen, und ich hatte die ganze Angelegenheit schon fast vergessen. Umso größer war meine Verwunderung, als ich eines Tages eine Postkarte von ihm erhielt. In kaum lesbarer Handschrift enthielt sie folgende Nachricht: *Erwarte Sie nächsten Mittwoch um 16 Uhr zum Tee bei mir zu Hause. Sie können leider nicht lange bleiben. Ich bin gesundheitlich sehr angeschlagen.*

Ich war perplex; damit hatte ich nicht gerechnet. Was sollte ich tun? Meine Zweifel waren nicht geringer geworden, im Gegenteil. Sollte ich den Termin einfach absagen und das Ganze für ein Missverständnis erklären? Darüber dachte ich ernsthaft nach, aber es hätte mir wohl später leid getan, eine solche Gelegenheit verstreichen zu lassen. Also bestätigte ich das Treffen und überlegte, wie ich mich am besten darauf vorbereiten könnte. Mich ergriff ein tiefes Unbehagen. Wie vor einer Prüfung. Worüber sollte ich mit ihm reden?

In meinem Bücherregal fand ich noch zwei seiner Bücher. Ich kramte die mittlerweile vergilbten Exemplare hervor und blätterte darin herum. Hin und wieder hatte ich eine Stelle angestrichen. Ich musste sie also damals gelesen haben. Aber ich hatte keinerlei Erinnerung mehr daran. Dann kam ich auf die Idee, mir das Buch zu besorgen, das Sebastian mir in der Kneipe gezeigt hatte. Es war erst vor kurzem erschienen und wohl sein letztes. Das Thema *Herkunft* interessiere mich seit längerem. Vielleicht könnte es ein Anknüpfungspunkt für unser Gespräch sein.

*

Am Tag des Besuches kam ich schon früh in der Stadt an. Der Bahnhof aus der Gründerzeit war nahezu unverändert. Nur dort, wo sich früher der Wartesaal befand, gab es jetzt eine Boutique. Der Wartesaal hatte mir früher einige Male als Zufluchtsort gedient, wenn die Lokale in der Stadt bereits geschlossen hatten. Hier konnte man noch ein letztes Bier oder den ersten Kaffee des Tages trinken. Etliche Gestrandete verbrachten dort die Nacht. Interessante Typen waren darunter. Ich unterhielt mich gern mit ihnen.

Der Bahnhofsvorplatz hatte sich stark verändert. Damals war es ein schmuckloser Platz gewesen, ohne Struktur. Jetzt war er von Geschäften umringt, und dazwischen standen ordentlich aufgereiht die Busse der verschiedenen Linien. Ich fuhr mit einem der Busse in die Innenstadt. Es ging durch die *Bahnhofsstraße*, die ich kaum wiedererkannte. Früher gab es hier Bar an Bar und Kneipe an Kneipe. In einer von ihnen hatte ich gelegentlich als Student gearbeitet. Sie wurde von einer bunten Klientel frequentiert: Studenten; Zuhälter; Laufpublikum, und nach Mitternacht kam oft noch das Personal aus den umliegenden Bars auf einen Absacker vorbei. Dann wurde es spät. Diese Leute waren meist sehr freigiebig. Von ihren Trinkgeldern konnte ich einige Male die Monatsmiete für meine Studentenbude bezahlen.

Ich ging damals gern in diese Gegend. Hier spielte sich am Abend das Leben ab. Ganz im Gegensatz zu der trostlosen Einkaufsmeile, die sich ganz in der Nähe befand und die nach Geschäftsschluss wie ausgestorben wirkte. Nach einigen Stationen verließ ich den Bus und versuchte mich zu orientieren. Nach und nach erkannte ich einiges wieder. In der Fußgängerzone gab es noch immer Buchhandlungen und Cafés. Hier traf man früher Leute, mit denen man diskutieren konnte. Über die neuesten ,Raubdrucke' oder anstehende politische Aktionen. Nahezu täglich gab es Vollversammlungen, Teach-ins oder Veranstaltungen der verschiedenen studentischen Gruppen. Für jemanden wie mich, der aus der Provinz kam, war das alles neu und aufregend.

Ich setzte mich in eines der Cafés und dachte über meinen Besuch beim Professor nach. Wie würde ich ihn antreffen? Ich versuchte, mich an sein Äußeres zu erinnern, aber die Bilder verschwammen mir. Ich wusste nur, dass er damals noch sehr jung war. Er war gerade erst zum Professor ernannt worden und hatte kaum etwas veröffentlicht. Bis auf wenige Eingeweihte kannte ihn keiner. Bei seinen Vorlesungen merkte man ihm an, dass er angespannt war. Er las seinen Text vor und blickte kaum dabei auf. Hin und wieder unterstrich er eine seiner Ausführungen durch etwas ungelenk wirkende Gesten. Obwohl ich wenig von dem verstand, was er vortrug, fielen mir doch seine Formulierungskünste auf. Bei den Zuhörern, die in der Regel sehr zahlreich erschienen, riefen sie des Öfteren Heiterkeit oder ein Raunen hervor. Schon nach kurzer Zeit galten seine Vorlesungen als Geheimtipp. Die Meisten besuchten sie, um sich an seinen Formulierungen zu weiden. Mir entgingen leider viele der Nuancen.

*

Es war an der Zeit, sich auf den Weg zu machen.
Der Professor wohnte noch immer in einer Bunga-
low-Siedlung am Stadtrand, die damals neu errich-
tet worden war. Der Weg war mir vertraut, weil
ich ganz in der Nähe, in einem überwiegend von
Studenten bewohnten Wohnblock, ein Zimmer
hatte. Von meinem Zimmer aus konnte ich die
Siedlung liegen sehen, in der er wohnte. Erst jetzt
wurde mir wieder klar, wie dicht wir beieinander
gewohnt hatten; getrennt nur durch einen Bahn-
damm.

In der Gegend befand sich eine Kneipe, die ich spät
abends gern besuchte. Hier trafen sich Beschäftigte
der beiden Stadtzeitungen, sobald der ‚Umbruch'
der täglichen Auflage fertig war. In erinnere mich
vor allem an zwei Musikredakteure, die regelmä-
ßig darüber stritten, wer der größere Komponist
gewesen sei: *Beethoven* oder *Mozart*. Der Beetho-
ven-Fan war der Meinung: *Mozart komponierte für
den nächsten Auftritt; Beethoven für die Ewigkeit.* Ich
hörte ihnen interessiert zu.

*

Pünktlich um 16 Uhr klingelte ich an der Haustür.
Es dauerte eine Weile, bis geöffnet wurde. Vor mir
stand ein alter Mann, der sich auf einen Stock

stützte. Das Sprechen viel ihm sichtlich schwer. Später erfuhr ich, dass er vor einiger Zeit einen Schlaganfall erlitten hatte. Wir durchquerten das Wohnzimmer und gingen in sein daneben gelegenes Arbeitszimmer. An den Wänden hingen Aquarelle mit Naturmotiven. Auf dem Schreibtisch lagen scheinbar ungeordnet lauter Manuskripte und Bücher; teilweise auch auf dem Fußboden. Entschuldigend meinte er: *Ich bin der Einzige, der sich in diesem Chaos zurechtfindet. Aber ich hasse es, wenn hier aufgeräumt wird. Dann finde ich gar nichts mehr wieder.*

Je länger ich ihn anschaute, desto deutlicher erkannte ich einige Gesichtszüge wieder. Sein Gesicht war voller geworden, die Lippen schmaler und aus den etwas geröteten Augen blickte er mich aufmerksam an. Er fragte mich nach meinem Anliegen. Als ich erwähnte, dass ich hier am Ort ab 1968 Philosophie bei ihm studiert habe, merkte er auf. Er wollte wissen, welche Seminare am Philosophischen Institut ich damals besucht habe. *Cusanus, Kant, Hegel, Heidegger,* berichtete ich.

Ungewöhnlich, meinte er. *Damals wollten doch alle Marx, Freud, Adorno oder Marcuse studieren.* Dann wollte er wissen, ob ich Seminare von ihm besucht hätte. *Ich hätte gern, aber die waren stets überfüllt, vor allem mit älteren Semestern. Mir blieben nur Ihre Vor-*

lesungen. *Auf sie hatte mich einer Ihrer Assistenten hingewiesen. Ich fand das ganze damit verbundene Ritual faszinierend, obwohl damals viele Studenten forderten, die Vorlesungen abzuschaffen und stattdessen zu diskutieren. Ich blieb stets ein Anhänger von Vorlesungen. Im Gegensatz zu Diskussionen, die sich oft in Details oder Nebenaspekten verloren, waren Vorlesungen strukturierter, und man konnte den Ausführungen besser folgen.*

Der Professor hatte mir interessiert zugehört und meinte: *Für mich war es damals meine erste Professur und ich fühlte mich einfach sicherer, wenn ich einen ausgearbeiteten Text vor mir hatte. Ein weiterer Vorteil bestand darin, dass ich später am Text weiter arbeiten konnte, indem ich Ergänzungen oder Korrekturen vornahm. Auch dienten sie mir als Vorlagen für Publikationen oder Vorträge. Gleichwohl war ich mir darüber im Klaren, dass es für die Zuhörer schwierig gewesen sein muss, dem zuzuhören. Zwischen einem geschriebenen und einem gesprochenen Text gibt es doch erhebliche Unterschiede. Die schriftlichen Formulierungen geraten meist zu lang, und gerade ich hatte eine Vorliebe für verschachtelte Sätze und bizarre Formulierungen. Das legte sich erst später, mit zunehmender Erfahrung und abnehmender Eitelkeit. Damals bezeichnete ich mich selbst als ‚Transzendentalbelletristiker'.*

*

Danach wollte er einiges über meine Person wissen, aber ich wusste nicht so recht, wo ich beginnen sollte. Also erzählte ich von meiner Herkunft aus einer Arbeiterfamilie; dass mir der Zugang zum Abitur verweigert worden war, dass ich stattdessen eine Lehre machte; dass ich dann doch noch das Abitur nachholte, um zu studieren. *Ja, und irgendwann landete ich dann in einer Ihrer Vorlesungen.*

Er hatte sich alles schweigend angehört, schaute mich nachdenklich an und meinte dann:

Das Thema 'Herkunft' hat mich immer besonders interessiert. Ich habe nie verstanden, wieso sich Menschen auf ihre Herkunft etwas einbilden. Herkunft ist ein Produkt des Zufalls, keine Wahl. Zufälle sind Ereignisse, die uns 'zustoßen' und unser Leben bestimmen. Zu einem bestimmten Zeitpunkt, in einem bestimmten Landstrich, unter bestimmten Lebensumständen geboren zu sein, ist kein Verdienst. Was man aus diesen Umständen macht, das ist entscheidend. Aber auch dann kommt es noch darauf an, ob man gefördert wird und ob man die richtigen Leute und Entscheidungen trifft.

Und dann denke ich, dass die Herkunft einen Menschen noch in anderer Weise prägt; viel stärker, als diesem das manchmal bewusst ist. Das betrifft gewisse Eigenschaften oder Charakterzüge, die man mitbekommen hat.

Dieses ganze Geflecht an Dispositionen ist schwer zu entwirren. Dazu müsste man tiefer bohren. In Ihrem Fall würde mich natürlich interessieren, wie Sie auf den Gedanken kamen, ausgerechnet Philosophie zu studieren. Damit konnte man doch schon damals rein gar nichts anfangen.

Seine Aufforderung brachte mich in Verlegenheit: Sollte ich ihm von meinen ,*Spaziergängen am Wasser*' erzählen, von meinem ,*melancholischen Anwandlungen*', von meiner ,*Sehnsucht nach dem ganz Anderen*' oder dem, was man die ,*Suche nach dem Sinn des Lebens*' nennt; von dem *Nietzsche-Büchlein*, das ich stets mit mir herumtrug? All das ging mir durch den Kopf, aber ich wusste nicht, wie ich ihm das in aller Kürze vermitteln könnte. Ich hätte ihm mein ganzes *inneres Leben* erzählen müssen.

Der Professor bemerkte meine Betretenheit und meinte: *Erzählen Sie mir einfach, wie es in Ihrem Fall gelaufen ist. Vielleicht war es ja einer dieser Zufälle, von denen ich gesprochen habe: dass Sie jemand angeregt und auf die Spur gesetzt hat?*

Das war in der Tat so, antwortete ich. *Ich hatte in der Zeit, als ich das Abitur nachholte, einen Klassenlehrer, der bei Adorno in Frankfurt studiert hatte. Wir freundeten uns an und sprachen viel über Literatur. Er erklärte mir den geistesgeschichtlichen Kontext der Werke, und* das war es, was mich mehr und mehr interessierte; gar nicht so sehr der literarische Text selbst. Wir verstanden uns gut, hatten eine Wellenlänge, wie man so sagt. Außerdem gab es die gemeinsame Herkunft: Wir kamen beide aus dem Arbeitermilieu. Und beide hatten wir einen gewissen ‚Hang zur Melancholie‘.

Natürlich hatte ich damals nicht die Zeit, mir ganze philosophische Werke anzueignen. Dazu fehlten mir die Voraussetzungen. Aber ich las Überblicksartikel oder Kurzfassungen von Werken. Besonders gern die ‚Kulturgeschichte der Neuzeit‘ von Egon Friedell, der es hervorragend verstand, einem die Hintergründe eines Werkes näher zu bringen.

Sie wissen, dass Friedell ‚Autodidakt‘ war? fragte er. Und dass Schopenhauer eine hohe Meinung von Autodidakten hatte? Er schätzte sie, weil sie das Philosophieren nicht berufsmäßig betrieben, um damit Geld zu verdienen, so wie ich. Und er schätzte sie, weil sie aus einem ureigenen Interesse heraus ein Werk studieren und ihre ganze Persönlichkeit dabei einbringen. Nun ja, das nur nebenbei. Ich wollte Sie nicht unterbrechen.

Ich fuhr mit meinem Bericht fort: Ich folgte damals einfach meinen Neigungen und dachte nicht daran, was ich mit meinem Studium einmal würde anfangen können. Ich studierte einfach drauflos. Auch gefielen mir die Umstände. Das Philosophische Seminar befand sich *damals noch, wie Sie wissen, in einem dieser alten Bürgerhäuser. Alles war sehr überschaubar. Man benötigte keinen Termin, wenn man ins Seminar wollte. Man ging einfach in die Bibliothek oder in eine Sprechstunde und ließ sich beraten. Ich suchte mir Seminare aus, für die sich nur wenige interessierten. Da ich nicht den Mut hatte, mich an Diskussionen zu beteiligen, verfasste ich Referate. Auf diese Weise eignete ich mir den Stoff an.*

Mir war nicht entgangen, dass der Professor aufmerkte, als ich vom ‚Hang zur *Melancholie'* gesprochen hatte. Er kam darauf zurück, als er meinte:

Sie haben einen nicht ganz alltäglichen Werdegang hinter sich, und ich kann mir vorstellen, dass es Sie einiges an Energie und Durchhaltevermögen gekostet hat. Besonders interessant fand ich Ihren Hinweis auf eine Ihrer ‚Grundbefindlichkeiten': Ihren ‚Hang zur Melancholie', wie Sie es genannt haben.

Eigenschaften wie ‚Schwermut' oder ‚Melancholie' werden einem oft als Schwäche ausgelegt. Die Meisten überdecken sie mit ihrer Geschäftigkeit, die sie im Alltag umtreibt. Ich sehe darin eher eine Voraussetzung zum Innehalten und Nachdenken; wenn Sie so wollen: eine ‚Grundausstattung des Philosophen'. Für mich war ‚Melancholie' immer ein wesentlicher Antrieb zum Philosophieren.

Daher dürfte es auch kein Zufall sein, dass viele Künstler gleichsam ‚von Natur aus‘ Melancholiker sind; nicht nur Albrecht Dürer mit seinem berühmten Kupferstich ‚Melancolia I‘, der einen traurigen Engel mit hängenden Schultern darstellt; ganz in stillem Nachdenken versunken.

Ich hatte den Kupferstich gleich bei meinem Eintritt in das Arbeitszimmer bemerkt; er hing über seinem Schreibtisch. Nach kurzem Schweigen fuhr er fort:

Wichtig ist, dass man nicht in Schwermut und Melancholie versinkt. Daher gehört für mich ein gewisses Maß an ‚Selbstironie‘ und sogar ‚Humor‘ gewissermaßen zur Charaktereigenschaft eines Philosophen, da sie die ‚Last des Lebens‘ erträglicher machen. Melancholie und Humor bilden nach meiner Auffassung keinen Gegensatz. Ironie und Humor lassen uns diese Last ein wenig leichter werden, befreien uns aber nicht davon. Vielleicht tragen sie dazu bei, alles Schwermütige auf ‚Heiterkeit‘ auszurichten. Bei den alten Griechen findet sich etwas davon.

Ohne es zu bemerken, befanden wir uns mitten in einem philosophischen Diskurs.

*

Ich legte allmählich meine Befangenheit ab und fühlte mich aufgehoben; ja geradezu beflügelt. Was lag näher, als ihn zu fragen, wie er eigentlich zur Philosophie gekommen sei.

Das habe ich mich in der Tat schon oft selbst gefragt, meinte er. Ich habe ja nicht nur Philosophie studiert, sondern bin anschließend bei der Philosophie geblieben. Glauben Sie mir, das hatte ich mir in meinen kühnsten Träumen nicht vorstellen können. Damit war ja schon damals nicht gerade die Aussicht auf eine erfolgreiche Karriere verbunden, sondern eher das Gegenteil: der Beginn einer Tragödie. Vielleicht war es der unbewusste Versuch, mich vor den Anforderungen der konkreten Lebenspraxis zu schützen.

‚Philosophie‘ – das war anfangs für mich lediglich ein faszinierendes Wort; gewissermaßen eines ohne Kanten, an denen man sich hätte stoßen können. Irgendwann hatte ich im Bücherschrank einer Tante nach einer Lektüre gesucht und stieß zufällig auf Schopenhauer. Ich habe mich später oft gefragt: War es eine ‚List des Zufalls‘? Ich las, und mir gefiel sofort der ‚skeptische Grundton‘. Er hat mich von Anfang an wohl mehr geprägt als mir seinerzeit bewusst war.

Eigentlich hatte ich Maler werden wollen, und so studierte ich nebenher noch ‚Kunstgeschichte‘. Mich reizte der Versuch, mit Hilfe des ‚Ästhetischen‘ oder ganz konkret: der Bilder, die Wirklichkeit ein wenig ansehnlicher zu machen als sie war, wo man doch gerade soeben das nackte Überleben geschafft hatte. Es gab auch einige Malversuche, und bis heute ist das Malen ein Hobby geblieben; vielleicht auch etwas mehr. Aber es gab für mich keine Möglichkeit, meinen Neigungen ernsthaft nachzugehen. Stattdessen verschlug mich der ‚Numerus clausus', den es damals auch schon gab, nach M. und dort geriet ich wiederum ‚zufälliger Weise' durch einen Bekannten in ein ‚Collegium philosophicum', in dem interessante Köpfe sich dieselben heiß redeten – über allerlei philosophische Fragen. Und wiederum ‚zufällig' fand ich hier ein paar Freunde, mit denen ich teilweise noch heute verkehre.

So ging es immer weiter. Ich promovierte im Fach, erhielt eine Assistentenstelle bei meinem philosophischen Lehrer und später dann die Professur hier. Sonst hätten Sie mich wohl nie kennen gelernt. Sie sehen: Zufälle über Zufälle, und hinzu kommt dann wohl auch noch ein kleiner Eigenanteil. Ich kann also sagen: ‚die Philosophie stieß mir zu'. Ich kam zur Philosophie wie die Wespe in die Cola-Flasche, weil ich intellektuell naschhaft war und die Philosophie mir süß erschien. Bis ich merkte, dass sie auch ihre ‚gefährlichen Seiten' hat, war es zu spät.

Was meinen Sie mit den ‚gefährlichen Seiten der Philosophie', fragte ich ihn.

*Nun ja, wenn Sie die Philosophie ernst nehmen, be-
schäftigen Sie sich mit Grundfragen der menschlichen
Existenz: ‚Woher wir kommen, wie wir leben wollen,
wohin wir gehen'. Und Sie fragen nach dem ‚Sinn des
Ganzen', schauen auf die ‚Geschichte der Menschheit'
und werden schnell bemerken, dass es nicht gerade lus-
tig ist, sich mit diesen Fragen zu beschäftigen; vor allem, weil Sie bald einsehen werden, dass sie letztlich
unbeantwortet bleiben, Sie aber gerade deshalb davon
nie mehr loskommen.*

*Bei einem Künstler würde man von ‚Besessenheit' spre-
chen; bei uns Philosophen ist es eher so etwas wie ‚Ver-
messenheit'. Man maßt sich an, Dinge zu erörtern oder
Fragen zu beantworten, die seit Menschengedenken
behandelt werden ohne dass man einer Lösung näher
gekommen wäre. Vielleicht muten wir uns einfach zu
viel zu oder, um es ein wenig pathetischer zu sagen:
‚Wir müssen uns eingestehen, dass auf dem Grund allen
menschlichen Strebens ein Scheitern vorgezeichnet ist
und letztlich die ‚Vergeblichkeit' all unserer Bemühungen übrig bleibt. Ich habe manchmal den Eindruck, wir
umkreisen die Probleme nur, und auf diese Weise entstehen immer neue Fragen – was ja, wenn man ‚profes-
sionell' denkt, nicht gerade von Nachteil ist.*

Mir gefiel der selbstironische Ton seiner Ausführungen, auch wenn ich bemerkte, dass diese von

einer zutiefst ‚skeptischen Denkweise' grundiert waren. Als ich ihn darauf ansprach, meinte er:

Ich sagte Ihnen schon: ohne ‚Ironie' geht es nicht; das Leben wäre schier unerträglich. Was meine ‚Skepsis' angeht, würde ich sagen: es handelt sich um eine Art ‚Generationskrankheit'. Ich gehöre zur sogenannten ‚skeptischen Generation', die den Krieg zufällig überlebt hat. Mit siebzehn Jahren wurde ich zum sogenannten Volkssturm abkommandiert. Wir waren das letzte Aufgebot. Ich hatte Glück und geriet in amerikanische Gefangenschaft. Viele meiner Altersgenossen starben noch in diesen letzten Kriegsmonaten. Das waren prägende Erlebnisse, die mich für alle Zeiten immun gegen ‚Ideologien' jeglicher Art gemacht haben.

Wenn ich sage, ich gehörte zur ‚skeptischen Generation', so stimmt das nur zur Hälfte. Nach der Definition waren das die ‚vorsichtigen, aber erfolgreichen jungen Männer', die mit ‚geschärftem Wirklichkeitssinn' für ‚das Praktische, Handfeste' ausgestattet waren. Bei mir war eher das Gegenteil der Fall: Ich war mit einer gehörigen Portion ‚Weltfremdheit' ausgestattet. Ich kannte nur den Krieg und davor die hermetisch abgeriegelte Welt einer nationalsozialistischen Eliteschule. Vom praktischen Leben hatte ich noch nichts erfahren, und in gewisser Weise schotte ich mich auch jetzt noch dagegen ab. Man kann vielleicht sogar von einer Art anhaltender ‚Realitätsverweigerung' sprechen.

Was blieb, war die ‚Skepsis', und das alles mag neben den vielen Zufällen, die mir mehr oder weniger zustießen, dazu beigetragen haben, dass es mich zur Philosophie verschlug. Natürlich war auch dies ein Prozess, der über viele Stufen verlief. Ein entscheidender Faktor, der mich beeinflusst hat, war der Kontakt mit westlicher Literatur, Philosophie und Kunst. Vor allem die ‚Existentialisten' verschlang ich geradezu. Sie formulierten eine Weltsicht, an die Leute mit meinen Erfahrungen anknüpfen konnten. Sartre und Camus sprachen von der ‚Geworfenheit der menschlichen Existenz', und dass ‚der Mensch das ist, was er daraus macht'. Sie las ich im Original. Aber auch Beckett, Proust, Joyce, Kafka oder Hemingway gehörten zum Repertoire; ebenso wie Benn und Brecht.
Und dann faszinierte mich die moderne Kunst; hier vor allem die Abstrakten. Sie waren uns ja jahrelang vorenthalten worden. Kurzum: Eine neue Welt tat sich auf und absorbierte mich nahezu vollständig. Alles war neu und half dabei, die Alltagsorgen und das Erlebte zu verkraften.

Mir fiel auf, dass er in keiner Weise versuchte, seine Zeit auf der Nazi-Eliteschule und die darauf folgende Kriegsteilnahme zu erklären oder gar zu rechtfertigen. Er sprach von sich aus und ganz freimütig darüber. Bei meiner Vorbereitung auf den Besuch hatte ich mir vorgenommen, ihn darauf anzusprechen.

Wissen Sie, ich könnte mich heute auf mein Alter von damals herausreden, so wie viele meiner Generation es getan haben. Oder über diese Zeit schweigen oder vorgeben, ich hätte all das ‚vergessen‘, wie es dieser bekannte Schriftsteller vor kurzem getan hat. Das alles ist wenig glaubwürdig, und das wäre mir auch zu billig. Ich kann mich im Gegenteil noch ziemlich genau an alles erinnern: an die Begeisterung, die ich und meinesgleichen empfanden, als wir endlich mitmachen durften. Die ganze Welt wollten wir erobern, und ich kann mich nicht erinnern, dass irgendwer in meiner Umgebung an dieser unserer Mission gezweifelt hätte.

Er hatte mit großer Emphase gesprochen, und man merkte ihm an, dass all das noch lange nicht verarbeitet war. Es beschäftigte ihn weiterhin, ganz existentiell, wenn man so will. Wie sollte es auch anders sein? Nach kurzer Zeit des Besinnens fuhr er fort:

Die Welt, in die man hineinwuchs, fand man ja vor; eine andere gab es nicht. Man konnte sie sich nicht neu erfinden. Wir werden in sie hineingeboren, wachsen darin auf und werden entsprechend erzogen. ‚Die Menschen machen Geschichte, aber unter vorgefundenen Bedingungen‘, so ähnlich hat es Friedrich Engels formu-

liert. Das unterscheidet ihn von einem Existenzphiloso-
phen wie Sartre, der von der ,Möglichkeit, ja Notwen-
digkeit der Wahl' gesprochen hatte. Aber das ist immer
nur eine ,abstrakte Möglichkeit'. In der Realität gehören
wir der Welt, die wir vorfinden, immer schon an. Sich
eine andere Welt vorzustellen oder auszudenken, setzt
voraus, dass Einem zumindest gedanklich Alternati-
ven aufgezeigt werden. Daran gebrach es unserer Generation. Das war keine Frage der Denkfaulheit, sondern
der ,geschlossenen Weltbilder', die andere Vorstellungen gar nicht aufkommen ließen. Mir als junger
Mensch waren sie jedenfalls nicht zugänglich. Ich weiß,
das klingt für Ihre Ohren vielleicht wie eine späte
Rechtfertigung meines Verhaltens. Aber daran liegt mir
überhaupt nicht.

Ich bin mittlerweile – auch nach längerem Nachdenken
– der Überzeugung, dass wir viel stärker durch die
Wirklichkeit, in die wir hineinwachsen, geprägt werden,
als uns dies meist bewusst ist. Auch das ist ein Aspekt
dessen, was ich mit ,Herkunft' bezeichne. Seien Sie froh,
dass Sie einer anderen Generation angehören, der eine
andere Sicht auf die Welt ermöglicht wurde; ich musste
sie mir erst mühsam erarbeiten.

*

So hatte ich die Dinge noch nie betrachtet. Wir
fühlten uns damals moralisch überlegen und grif-

fen die ehemaligen Nazis an, die wieder in den Institutionen Fuß gefasst hatten; in Verwaltung; Justiz; Militär; Universitäten – überall gaben sie erneut den Ton an. Die fünfziger Jahre waren für uns eine Zeit der *Restauration alter Machtverhältnisse;* verklärt als Zeit des *Wirtschaftswunders.* Wir verachteten alle, die sich damit herausredeten, nichts gewusst zu haben. Ansonsten wurde über die Vergangenheit geschwiegen. Das akzeptierten wir nicht. Ein Gespräch, wie ich es jetzt nach Jahrzehnten mit meinem Professor führte, kam damals nicht zustande.

All das ging mir durch den Kopf, und ich bemerkte schließlich: *Ich habe mich oft gefragt, wie ich mich damals verhalten hätte. Ich kann es Ihnen nicht sagen. Gleichwohl hatten wir Nachgeborenen ein Recht darauf, zu erfahren, was unsere Elterngeneration damals getan hat. Wir wollten das Schweigekartell der Älteren durchbrechen; einfach mehr wissen über die Zeit, zumal auch in den Schulen kaum über sie gesprochen wurde.*

Dabei gebe ich gerne zu und ich habe es verschiedentlich auch so erlebt, dass es vielen meiner Altersgenossen gar nicht primär um die Zeit des Nationalsozialismus ging, sondern um eine Art ‚persönlicher Abrechnung mit der eigenen Herkunft aus den zumeist kleinbürgerlichen Verhältnissen‘. Sie wollten sich von den häuslichen Normen befreien; der unhinterfragten Autorität des

Vaters; den Vorstellungen von Pflicht, Disziplin und Gehorsam; der überkommenen Sexualmoral usw. Insofern war das Ganze auch ein Generationenkonflikt, der gewissermaßen politisch aufgeladen war und sich meist im familiären Milieu abspielte, wo sich diese Verhaltensweisen besonders hartnäckig hielten.

Dazu meinte er: *Über die 68er Zeit werden wir sicher noch gesondert sprechen. Mich würde aber noch interessieren, ob Sie mit Ihrem Vater haben reden können. Haben Sie den Versuch gemacht?*

Nur sehr sporadisch. Es fehlte an Gelegenheiten, und ich merkte ihm an, dass das Thema ihm unangenehm war. Auf meine Fragen antwortete er ausweichend oder auch routiniert. Er war Ende der zwanziger Jahre drei Jahre lang arbeitslos gewesen und hatte verzweifelt versucht, wieder Arbeit zu finden. Obwohl er eine gute Ausbildung hatte, gelang ihm dies nicht. Es ging ihm wie Millionen anderen auch. Um überhaupt irgendwo Fuß zu fassen, schloss er sich dann der SA an. Gegen den Widerstand seines eigenen Vaters, der den Ersten Weltkrieg erlebt hatte und das kommende Unheil vorausahnte. Viel erfuhr ich von meinem Vater nicht. Über die Kriegsjahre sprach er kaum. Nur, dass er in Poltawa, der Ost-Ukraine, schwer verwundet wurde.

Als ich einen Moment nachdachte, fiel mir ein, dass mein Vater mir eine Episode doch erzählt hatte: *Er war wegen seiner ,Verdienste' an der Front in ein KZ abkommandiert worden. Zur ,Belohnung' gewissermaßen, und zwar ins KZ Oranienburg, als Aufseher. Die Zustände dort habe er nicht lange ausgehalten, erzählte er mir und sich wieder an die Front gemeldet. Als Begründung gab er an, man habe die ,Politischen Gefangenen' wie die Juden behandelt.*

Das ist alles, was ich von ihm erfuhr. Ich versuchte, ihn zu verstehen, aber es gelang mir nicht. Bei den wenigen Malen, wo ich mit meinem Vater über diese Zeit sprach, verspürte ich stets ein gewisses Unbehagen. Ich zwang ihn in eine Art ,Rechtfertigungsspirale', und ihm, aber auch mir, war das unangenehm.

*

Wir waren beide erschöpft, und er schlug vor, ein paar Schritte in den Garten zu tun, obwohl ich wusste, dass es ihm schwerfallen würde, da er schlecht ging. Der Garten machte einen überaus gepflegten Eindruck, und er berichtete, dass seine Frau eine besondere Leidenschaft fürs Gärtnern hat. Er habe früher kein Interesse an diesen Dingen gehabt, auch weil er keine Zeit für sie hatte. *Ich habe mir im Garten zwar Motive für meine Aquarelle gesucht, hatte aber keine Beziehung zu ihnen. Erst jetzt im Alter entdecke ich eine gewisse Nähe zur Natur. Besonders liebe ich es, das Leben der Vögel zu beobachten.*

Nach und nach konnte ich ihren Gesang unterscheiden. Sie interessieren mich als Wesen; auch weil es ‚Überlebenskünstler' sind, die wissen, ihre geringer werdenden Lebensräume zu nutzen. Es ist erstaunlich, welche Strategien sie dabei einschlagen. Zum Beispiel die Meisen. Sie schließen sich im Winter zu größeren Verbänden zusammen, um auf Nahrungssuche zu gehen. Jede der Arten scheint über spezifische Vorgehensweisen zu verfügen, von denen wiederum die anderen profitieren. Sie bilden regelrechte Netzwerke und unterstützen sich gegenseitig. Später, wenn es auf die Brutzeit zugeht, vereinzeln sie sich wieder.
Einige der Vögel glaube ich wiederzuerkennen, so als ob sie ständige Gäste hier wären.

Bei all dem habe ich festgestellt, dass es sehr darauf ankommt, mit welchen Augen man auf diese Dinge schaut. Viele unserer Mitmenschen glauben, man müsse massenhaft sogenannte ‚Sehenswürdigkeiten' konsumieren, um etwas von der Welt gesehen zu haben. Aber dem ist nicht so. Es kommt auf die Intensität an, vielleicht sogar auf das Ausmaß an Empathie. Da ich jetzt im Alter die Zeit habe, mich mit all dem zu beschäftigen, genieße ich es sehr. Das ist eines der wenigen Vorzüge des Alters. Langeweile ist mir Gott sei dank fremd.

Wir setzten uns auf eine Bank, schauten auf den Garten und schwiegen eine Weile. Ich hatte nun endgültig meine anfängliche Befangenheit überwunden und fühlte mich nahezu wohl.

*

Als wir ins Arbeitszimmer zurückkehrten, stand ein Teeservice mit etwas Gebäck für uns bereit. Ich schenkte uns den Tee ein und wartete ab, womit mein Gastgeber unser Gespräch würde fortsetzen. Er fragte mich ganz unvermittelt nach meinen Erfahrungen mit der 68er-Zeit. Damit hatte ich zwar gerechnet, wusste aber dennoch nicht so recht, womit ich beginnen sollte. Zuviel kam mir gleichzeitig in den Sinn. Wiederum bemerkte er meine Verlegenheit und ermunterte mich:

Erzählen Sie einfach, wie Sie diese Zeit erlebt haben. Nur das interessiert mich. Alles andere kann man mittlerweile in Geschichtsbüchern nachlesen. Außerdem habe ich ja selbst diese Zeit erlebt und versucht, mir einen Reim darauf zu machen.

Also stieg ich ein: *Es wird Sie vielleicht verwundern, aber als Sie von Ihren Nachkriegserfahrungen berichtet haben, fühlte ich mich ein wenig an meine Situation erinnert, als ich mein Herkunftsmilieu verlassen habe. Ich hatte zwar keinen Krieg erlebt, stand aber ebenfalls vor einem radikalen Neuanfang.*

Die Entwicklungen der 68er-Zeit verwirrten und inspirierten mich gleichermaßen. Schule, Elternhaus und die relativ kurze Zeit einer beruflichen Tätigkeit bildeten meinen Erfahrungshintergrund. Vor der Enge und Dumpfheit dieses Milieus war ich buchstäblich geflohen, auch wenn mich der Bruch gleichzeitig schmerzte. Das hatte auch mit den Zweifeln und Ungewissheiten zu tun, denen ich mich aussetzte. Insofern kam die Zeit des Umbruchs mir entgegen. Aber von den großen gesellschaftlichen Umbrüchen, bekam ich zunächst kaum etwas mit. Allenfalls spürte man eine Art ‚Hintergrundrauschen‘, aber es mag sein, dass ein Hauch von Veränderung auch zu uns in die Provinz herüber wehte, so dass mein Entschluss zu einem Neuanfang mir weniger exklusiv vorkam.

Aber bildete Ihre Herkunft nicht auch so etwas wie einen Schutzwall gegenüber manchen der Illusionen, denen die 68er nachhingen?, fragte er.

Das alles bekam ich erst später mit. Zunächst hatte ich genug mit mir zu tun. 1968 war für mich persönlich eine in mehrerer Hinsicht entscheidende Wegmarke: Ich machte das Abitur nach; begann zu studieren und lernte die Liebe kennen. Alles im gleichen Jahr. Ich stand zum ersten Mal auf eigenen Füßen, hatte ein eigenes Zimmer, fühlte mich frei von häuslichen Zwängen und konnte mir mein Leben gestalten, wie es mir immer vor-

geschwebt hatte. Die damit verbundenen neuen Anforderungen spülte ich einfach weg.

Ich las viel in dieser Zeit, und zwar alles, was mir in die Finger kam. Zunächst völlig unsystematisch. Und doch – das fiel mir vorhin bei Ihren Schilderungen auf – las ich teilweise die gleichen Autoren wie Sie: Camus; Sartre und all die anderen, die Sie genannt haben. Das ist einigermaßen merkwürdig und wird mir erst jetzt klar.

Erst allmählich begann ich mit meinen Philosophie-Studien, von denen ich Ihnen anfangs erzählt habe, und ich las mit Begeisterung die Frühschriften von Marx: Wegen des jugendlichen Überschwangs, der darin zum Ausdruck kommt, vor allem aber wegen ihrer literarischen Qualität. Viele der Formulierungen kannte ich auswendig; sie kamen mir vor wie ‚Lyrismen‘, die sich einem einprägten. Erst später traute ich mich an die ökonomischen und politischen Schriften von Marx heran. Wenn ich ‚Marx‘ sage, meine ich immer auch ‚Engels‘, der viel für die Verbreitung des Marxschen Denkens getan hat und ohne den Marx, auch wegen der materiellen Unterstützung durch Engels, buchstäblich nicht hätte überleben können.

An dieser Stelle unterbrach er mich: *Mich würde natürlich interessieren, wie Sie die zunehmende ‚Politisierung‘ und ‚Radikalisierung‘ der Studentenbewegung wahrgenommen haben. Und mich interessiert, ob Sie sich daran beteiligt haben, und wie Sie heute dazu stehen?*

Ich beteiligte mich an Aktivitäten im Zusammenhang mit den einsetzenden Universitätsreformen, indem ich in Kommissionen und dergleichen mitwirkte. Damit knüpfte ich an mein gewerkschaftliches Engagement während meiner Berufstätigkeit an. Ich gehörte zwar keiner politischen Studentengruppe an, wurde aber gleichwohl in die erste Fachschaft ‚Philosophie' gewählt, woran Sie sich wahrscheinlich nicht mehr erinnern werden.

Sie verstanden es damals vorzüglich, uns in das Fakultätsgeschehen einzubeziehen. Wir hatten viele Freiräume, konnten uns die Literatur bestellen, die uns interessierte, nutzten die Institutsräume für Diskussionsveranstaltungen und wurden zu den Colloquien des philosophischen Lehrpersonals eingeladen. Ich staunte damals nicht schlecht, worüber Philosophen so alles diskutieren können. Aber das nur nebenbei.
Größere Konflikte – etwa Institutsbesetzungen oder die Sprengung von Vorlesungen – gab es im Philosophischen Seminar nicht. Bei den Philosophen ging es sehr gesittet zu; fast ‚familiär'. In anderen Instituten – etwa den Soziologen oder Politologen – war die Stimmung aggressiver. Aber gemessen an dem, was sich in Frankfurt, Heidelberg oder Berlin abspielte, waren es ‚Kaffeekränzchen'.

Aktiv teilgenommen habe ich an den großen Demonstrationen in Frankfurt gegen den Vietnamkrieg und den Springerkonzern, der damals das politische Klima in einem Maße vergiftete, wie es heute kaum vorstellbar ist. Die Kriegsbilder aus Vietnam sind mir unvergessen. Sie wurden seinerzeit direkt in die Wohnzimmer gesendet, während die satten Bürger beim Abendessen saßen und es sich wohlergehen ließen.

All das hat zu dem beigetragen, was Sie als ‚Politisierung' und ‚Radikalisierung' bezeichnen. Ich gehörte zu denen, die sich über diese Zustände empörten.

Er hörte sich meine Darstellung der Ereignisse an und meinte:

Sie tun gut daran, wenn Sie einzelne Phasen der damaligen Entwicklung unterscheiden. Ich habe anfangs mit den Studenten sympathisiert. Auf mich hat die ‚Kritische Theorie' Adornos und Horkheimers damals großen Eindruck gemacht. Ebenso Marcuses ‚Eros und Zivilisation', die ich bereits Mitte der 50er Jahre zustimmend und werbend referierte. Und natürlich las ich Freud. Skeptisch stand ich dem sog. ‚Kritischen Rationalismus' gegenüber. Dieser war mir in seiner ‚antidogmatischen Attitüde" selbst zu ‚dogmatisch'.

Ich sage Ihnen dies, damit sie nicht glauben, ich hätte mich den damaligen Diskussionen von vornherein ver-

schlossen. *Dem war nicht so. Nur irgendwann ging es gar nicht mehr um theoretische Debatten. Ich gewann den Eindruck, dass 'Reflexionswelt und Lebenswelt, Erwartungswelt und Erfahrungswelt, Gesinnungswelt und Verantwortungswelt, Reformwelt und Arbeitswelt, Empörungswelt und Handlungswelt' zunehmend auseinander drifteten. Da fingen einige der Studenten an, 'Revolution' zu spielen, und ein Teil des jüngeren Lehrpersonals schloss sich ihnen an. Je dürftiger die Argumente wurden, desto extremer wurden die Aktionsformen. Die antiautoritäre Fassade brach zusammen. Alternative Meinungen wurden niedergemacht. Kurzum: Das Ganze widerte mich mehr und mehr an.*

Persönlichkeiten, die ich schätzte, wurden diffamiert. Ich selbst hatte beispielsweise als Student gute Erfahrungen mit der 'Ordinarienuniversität' gemacht. Es war die erste Zeit nach dem Krieg. Ich habe daran die Erinnerung an große 'Lebendigkeit' und 'Liberalität'. Das war unsere Zeit des 'Aufbruchs'. Ich erlebte diese Zeit als 'persönliche Befreiung' und keineswegs als autoritäre Bevormundung.

Die Studenten der 68er-Zeit nahmen sich das Recht, all das in Frage zu stellen. Selbst ein Adorno wurde bedrängt und fühlte sich bemüßigt, die Polizei zu Hilfe zu rufen, als man sein Institut besetzte. Das Klima war vergiftet; Diskussionen kaum möglich und die Teach-ins erinnerten mich teilweise an die Auftritte der SA am

Ende der Weimarer Republik. Von ‚Diskussionsbereitschaft' war nichts mehr zu spüren. Wenn nichts mehr half, wurden Veranstaltungen ganz einfach ‚gesprengt'. Viele der jüngeren Lehrenden verfielen in eine Art ‚Konformitätsbeflissenheit' und wurden zu willfährigen Statisten. Und natürlich fürchtete ich um die Zukunft unseres Faches. Der Philosophie als eigenständiger Disziplin sollte der Garaus gemacht werden, indem man sie in sachfremde Fachbereiche einzugliedern versuchte.

Ich bemerkte, wie sehr ihn die Ereignisse auch nach Jahrzehnten noch berührten. Er hatte die ganze Entwicklung auf viel dramatischerer Weise erlebt als ich. Er fühlte sich ‚existentiell' bedroht, während ich das Ganze doch überwiegend aus der ‚Beobachterperspektive' und zunehmend als ‚Spektakel' wahrnahm.

Dann wollte er wissen, ob mich der ausufernde Hang zum Sektierertum, der mit einer zunehmenden Ideologisierung und Dogmatisierung des Politischen einherging, nicht abgestoßen hätte.

Das war in der Tat der Grund, weshalb ich mich keiner studentischen Gruppierung anschloss. Ich konnte die ‚Revolutionssemantik' der meisten Gruppen nicht nachvollziehen. Wobei wir wieder beim Thema ‚Herkunft' wären. Ich hatte nie die Illusion, dass die Arbeiter sich den Studenten anschließen würden; schon gar nicht, wovon manche träumten, unter ,Führung' der Studenten.

Vielen Arbeiterfamilien ging es Ende der 60er Jahre materiell zum ersten Mal etwas besser. Ich konnte es an den Anschaffungen bei uns zu Hause sehen: wir bekamen eine Waschmaschine; das war für meine Mutter, die bis dahin die Wäsche für acht Personen mit der Hand wusch, ein Quantensprung in der Hausarbeit. Auch die räumlichen Verhältnisse entspannten sich; vieles geriet zum Besseren. Von einer revolutionären Aufbruchsstimmung konnte nicht die Rede sein. Das mag vielen der revolutionsbegeisterten Studenten, die überwiegend aus kleinbürgerlichen Verhältnissen kamen, entgangen sein. Insofern bewahrte mich meine Herkunft tatsächlich vor einigen Illusionen.

Meine Distanzierung galt allerdings nicht dem ,Marxismus', mit dem ich mich zu dieser Zeit intensiv befasste. Ich las, wie schon gesagt, zunächst mit Begeisterung die , frühen philosophischen Texte'. Und erst nach und nach dann die ,politischen' und ,ökonomischen' Schriften. In einer der Semesterferien las ich alle drei Bände ,Kapital'; das war hartes Brot. Es war alles andere, nur keine ,Anleitung zum Handeln'.

Er hörte sich alles ruhig an, aber ich merkte, dass ihm meine Ausführungen nicht reichten. Er hätte sich wohl eine klarere Distanzierung zu Damals gewünscht, aber damit konnte ich nicht dienen. Zu sehr hatten die damaligen Ereignisse mein ‚Lebensgefühl' verändert. Daran änderte auch die Tatsache nichts, dass ich gegen bestimmte Entwicklungen immun war.

Schließlich meinte er:
Sie haben zu Recht davon gesprochen, dass die studentische Revolte auch eine gegen die meist ‚kleinbürgerliche Herkunft' war. Aber ich denke, es war mehr als einer dieser typischen ‚Generationskonflikte', wie es sie auch früher schon gegeben hatte. Das hätte mich kaum beeindruckt. Ich wendete mich in dem Moment ab, als ich die Gefahr sah, dass man begann, das ‚Kind mit dem Bade' auszuschütten, wenn ich das mal so salopp formulieren darf. Aus dem ‚Aufstand gegen die Väter", wie Freud das nannte, wurde einer gegen das, was sich noch in der Entwicklung befand und eine Realisierungschance verdiente. Ich denke da in erster Linie an die ‚demokratischen Institutionen' und die ‚soziale Marktwirtschaft'. Trotz aller noch vorhandener Unzulänglichkeiten und Missstände, die zu Recht kritisiert wurden – diese Möglichkeit gab es ja immerhin – wandte ich mich dagegen, alles in ‚Bausch und Bogen' auf den historischen Müll zu werfen.

Es kursierten viele ‚Deutungsklischees', über die kaum noch nachgedacht wurde, und dadurch entstand so etwas wie ein ‚frei flottierender, quasimoralischer Revol-

tierbedarf', wie ich das einmal formuliert habe. *Völlig undifferenziert richtete der Protest sich nunmehr immer stärker gegen alles Demokratische und Liberale, das gerade im Entstehen begriffen war.* Vielleicht liegt ein Grund für meine Skepsis in dem ,Übermaß an Kritikbesessenheit', die die damalige Studentenbewegung umtrieb. *In jeder Institution witterte man ,Repression', ,verborgene Gewaltverhältnisse', ja ,Faschismus'; in der Familie, Wirtschaft, Justiz und wo auch immer. Und bei jeder neuen ,Technik' fand man irgendein ,Haar in der Suppe', so dass man die Technik gleich ganz verunglimpfte.*

Es ging ja so weit, dass man in der allmählichen Verbesserung der Lebensverhältnisse breiter Schichten der Bevölkerung eine besonders ,perfide Tarnung' der Herrschenden gesehen hat, um die Leute von ihren ,wahren Bedürfnissen' abzulenken. Und selbstverständlich waren die Studenten es, die um die ,wahren Bedürfnisse' des Proletariats wussten. Sah man sich doch als ,Sachwalter' dieser Interessen. In allen Verhältnissen sah man ,Entfremdung', ,Unterdrückung' und bestenfalls den ,Zwang zur Anpassung'. So wurde ,Ungehorsam zur Pflicht' – zu einer recht ,komfortablen', möchte ich meinen. Ich schrieb einmal: ,Nach der materiellen Fresswelle kam die ideologische Fresswelle', so mein Eindruck. Das Bestehende wurde zur ,Horrorvision' – ganz gegen die Erfahrungen der meisten Menschen. Diese um sich greifende ,Kritikbesessenheit' hatte sich irgendwann totgelaufen und führte schließlich zu einer gewissen ‚Kritikmüdigkeit'

Was für meine Generation eine Hoffnung war, gehörte nach Meinung vieler Studenten abgeschafft. Ich fragte mich, was denn an die Stelle treten sollte. Ich warb immer entschiedener dafür, die neu geschaffenen Institutionen zu bewahren und sukzessive weiter zu entwickeln. Die vage Vorstellung, zunächst einmal alle Verhältnisse umzustülpen, um dann zu sehen, wie es weitergehen könnte, war mir zu diffus und geriet mir mehr und mehr zu einer ‚Horrorvision'. Wissen Sie, im Nachhinein ist es leicht, sich von bestimmten Entwicklungen zu distanzieren. Aber als sich die Studentenbewegung zunehmend zersplitterte und einige zum offenen ‚Terror' übergingen, andere sich für ‚Mao' oder ‚Pol Pot' begeisterten, konnte man sie nicht mehr ernst nehmen. Da sind wir uns wohl einig.

Vielleicht fehlte es mir auch vorher schon an ‚soziologischer Phantasie', mir auszumalen, wer denn eine komplexe Gesellschaft wie die unsere, mitsamt ihren Subsystemen, in Zukunft organisieren sollte. In dieser Hinsicht blieben die Vorstellungen überaus vage und nach meinem Verständnis reichlich naiv. Im Übrigen war mein Bedarf an weltfremden Utopien ein für allemal gedeckt.
So wurde ich zum überzeugten ‚Konservativen' und vertrat meine Positionen immer offensiver. Mein Credo

lautete fürderhin: ‚Bevor wir die Gesellschaft verändern, müssen wir sie erhalten'.

Mich beschäftigten diese Fragen natürlich auch weiterhin, und mit der Zeit gewann ich die Überzeugung, dass es auch ‚anthropologische Grenzziehungen' gibt, die einen radikalen Umbruch verhindern: Ich gewann zunehmend die Auffassung, dass das Leben einfach zu kurz ist, um alles auf einmal zu verändern. Dazu reicht ganz einfach unsere begrenzte Lebenszeit nicht aus.

Ich wandte dagegen ein: *Aber gerade weil das Leben kurz ist, waren ja viele von uns so ungeduldig. ‚Wir wollen alles, und zwar jetzt', skandierten die französischen Studenten seinerzeit. Wir wollten die Dinge nicht einfach treiben lassen. Es gab auch damals schon die ersten Hinweise auf eine drohende Umweltkatastrophe. Davon erfuhren die ‚Normalbürger' kaum etwas, und die Medien taten alles, um sie in ihrem satten Wohlgefühl zu bestärken. Wären damals die Weichen anders gestellt worden, sähe die Welt heute anders aus.*

*

Jetzt – im Nachhinein – wird mir klar, dass wir aus ganz verschiedenen Blickwinkeln auf die gesellschaftliche Wirklichkeit schauten. Damals lehnten wir Vorstellungen wie die seine als ‚Ablenkungsmanöver' ab, soweit man sich überhaupt damit beschäftigte. Wir sahen das ‚Erstarken der alten Mächte' in nahezu allen Institutionen. Schon in den 1950er Jahren begann man wieder aufzurüsten; in der Wirtschaft hatten viele von denen das Sagen, die einst Hitler zur Macht verhalfen; die Justiz und Verwaltung war mit alten Nazis durchsetzt, und an den Universitäten roch es nach dem ‚Muff von tausend Jahren'. Es war dieser Teil der Wirklichkeit, der uns beschäftigte und wogegen wir protestierten. Und ich finde noch heute, dass der Protest einiges bewirkte und neue Sichtweise auf die gesellschaftliche Wirklichkeit ermöglichte. Dass er die Dinge aufgrund seiner Lebenserfahrungen anders sah, verstand ich jetzt besser. Aber seinerzeit gab es kaum eine Möglichkeit, miteinander ins Gespräch zu kommen.

Ich trug ihm weitere meiner Einwände vor.

Ihr Zitat von vorhin würde ich genau anders herum formulieren: ‚Wenn wir die Welt erhalten wollen, müssen wir sie verändern'. Das sehe ich auch noch heute so. Wir können nicht so weiter wirtschaften wie bisher. Die natürlichen Ressourcen sind endlich. Ohne gravierende Änderungen in der Produktionsweise wird die Menschheit nicht überleben. Und ohne gravierende Veränderungen unserer Lebensweise wird es nicht gehen. Aber ich gestehe Ihnen gerne zu, dass auch ich kein Rezept weiß, wie man möglichst schnell zu einer ‚nachhaltigen'

Wirtschafts- und Lebensform kommen könnte – um den so sehr verhunzten Begriff der ‚Nachhaltigkeit' an dieser Stelle einmal zu bemühen. Eine der Schwierigkeiten besteht darin, dass die Probleme globaler Natur sind. Die reichen Länder wollen auf ihren Wohlstand nicht verzichten; die anderen wollen an ihm allererst teilhaben. Dieses Dilemma scheint unlösbar zu sein.

Meine Hinweise beeindruckten ihn wenig. Im Gegenteil. Er leugnete ja den ‚Reformbedarf' in vielen Bereichen der Gesellschaft gar nicht; polemisierte aber gegen die um sich greifende ‚Katastrophensemantik', wie er es nannte; gegen die penetranten Hinweise auf alle möglichen *Risiken technologischer Veränderungen*.

Wissen Sie, wandte er ein: *Das Risikobewusstsein der jüngeren Generation ist auch deshalb weit verbreitet, weil das Bedürfnis vorhanden ist, die Zukunft beschließen oder zumindest vorhersagen zu wollen. In dieser Hinsicht erscheint dann alles als ‚Abweichung' vom erhofften Ziel einer menschenwürdigen Gesellschaft. Indem wir unsere ‚begriffliche Apparatur' auf ‚Risikoorientierung' umschalten, erzeugen wir eine Wirklichkeit im Sinne einer ‚self-fulfilling prophecy. Die Wahrnehmung von Risiken wird zur Besessenheit. Statt in Risiken normale Begleiterscheinungen des technischen Fortschritts zu sehen, werden sie zum ‚Mythos'. Dadurch entsteht die Gefahr, dass wichtige Innovationen unterbleiben oder verzögert werden, die für die Bewältigung der anstehenden Probleme benötigt werden. Die Risiken sollte man nicht kleinreden; aber viele Innovationen haben unser Leben auf zahlreichen Gebieten besser gemacht, denken Sie nur an die Fortschritte der Medizin.*

Nach diesen Ausführungen unterbrachen wir unser Gespräch abermals, setzten uns auf eine Bank und schauten auf den ruhig daliegenden Garten. Beide waren wir etwas erschöpft, aber er machte keine Anstalten, unser Gespräch zu beenden. Im Gegenteil: er schien mir noch einiges mitteilen zu wollen. Ich merkte ihm seine Unruhe an.

*

Als wir unseren Dialog fortsetzten, meinte er:

Ich versuchte in der Folgezeit, meine Positionen philosophisch zu festigen. Daran lag mir sehr. Ich wollte es nicht beim bloßen ‚Meinungsstreit' belassen.

Über die Prägungen der ‚Herkunft' haben wir bereits gesprochen. Für mich geht das Thema weit über Aspekte der ‚persönlichen Herkunft' hinaus. Ich verstehe darunter die ‚Gesamtheit der kulturellen Überlieferungen'; also all das, was wir als Kunst, Musik, Literatur oder Philosophie vorfinden. Darin sehe ich gewissermaßen ein ,Bollwerk' gegen die ,Zivilisationskrankheiten der Moderne'. Ich versuchte, an Max Weber anzuknüpfen, der sie als ,Entzauberung der Lebenswelt' beschrieben hat.

Ich war zunehmend davon überzeugt: Es bedarf gewisser ,Kompensationsmechanismen' gegen eine zu einseitige und dominante ,Technisierung' und ,Rationalisierung' des Alltagslebens, die bei allen ,Fortschritten' immer auch eine gewisse ,Janusköpfigkeit' beinhalten. Besonders deutlich sehen wir dies am Beispiel der neuen ,Kommunikationsmedien': Einerseits ermöglichen sie die ,globale Kommunikation'; andrerseits tragen sie ohne Zweifel zu einer gewissen ,Verflachung der menschlichen Erfahrung' bei. Wir sehen es an der Entwicklung der Sprache. Sprache ist der Zugang des Menschen zur Welt. Sie ist das Fundament, auf dem das Denken beruht. Wer denken lernt, lernt gleichzeitig sprechen. Eine Form des Sprechens ist das Erzählen. Eine Erzählung stellt einen Sinnzusammenhang dar, ein Stück Interpretation der Welt. Erzählen ist mithin ein Versuch, die Welt zu verstehen. Die Sprache steht in der Gefahr, durch die neuen Medien verstümmelt zu werden. Zunehmend findet Kommunikation in Form standardisierter Codes statt. Auf diese Weise verarmt sie und wird ihrer ursprünglichen Substanz beraubt. Sie verliert ihre Fähigkeit, Ausdruck individueller Eigenschaften zu sein. Es werden ,künstliche Welten' produziert, und die Menschen werden zu ,Konsumidioten' degradiert. Vor dieser Entwicklung hat schon Marcuse in seinem ‚Eindimensionalen Menschen' gewarnt. Er sprach von einer neuen Form der Herrschaft, die sich der demokratischen Kontrolle entzogen hat.

Nun gut, ich bin kein Experte, aber ich befürchte, dass die moderne Online-Welt dabei ist, Hegel zu enthaupten. These und Antithese führen nicht mehr zu einer Synthese, also zur höheren Einsicht, sondern lösen sich in unüberschaubaren Datenwellen auf.

Dass die Philosophie eines der Kompensationsmedien sein könnte, um zumindest auf Defizite dieser Entwicklung hinzuweisen, ist eine Hoffnung, die ich noch nicht aufgegeben habe. Ich bin der Meinung, realistische Perspektiven und Synthesen entstehen immer noch außerhalb dieser Medien. Deshalb brauchen wir nach wie vor Bücher, die uns Erkenntnisse vermitteln. Aber ob in Zukunft überhaupt noch Bücher gelesen werden, weiß ich natürlich nicht.

Ich bin mit jedem Buch, das ich geschrieben habe, ein Risiko eingegangen, indem ich eine Verpflichtung auf mich genommen habe. Ein Buch zu schreiben, ist ein Spiel mit hohem Einsatz in Bezug auf Engagement und Aufwand und dem Versuch, Einfluss auf den Lauf der Dinge zu nehmen. Damit setzt man sich der Verwundbarkeit aus. Darüber hinaus ist ein Buch in meinem Verständnis ein Bauwerk menschlicher Würde. Es ist *der Beweis, dass jede individuelle Erfahrung wert ist, beachtet zu werden.*

Ich habe einen wesentlichen Teil meines kurzen Lebens damit verbracht, meinen Standpunkt zu formulieren und eine bestimmte Geschichte zu erzählen. Sie könnte den Titel tragen: ‚Wie lassen sich Freiheit und Fortschritt in Einklang bringen?'. Ob ich zur Lösung dieser existentiellen Frage beigetragen habe, müssen andere beurteilen.

*

Nach seinen Ausführungen schwiegen wir eine Weile. Ich sah ihm an, dass es ihm ein Anliegen gewesen war, mir diese Dinge mitzuteilen. Angesichts des ‚hohen Tons', den er angeschlagen hatte, fiel es mir schwer, einige kritische Einwände gegen seine Sichtweise vorzubringen. Als er meine Verlegenheit bemerkte, fügte er noch an:

Sie sehen: auch ich bin nicht blind gegenüber bestimmten Risiken, die mit neuen technischen Entwicklungen einhergehen. Ich vertraue jedoch darauf, dass sie im Rahmen des Systems korrigierbar sind. In diesem Zusammenhang sehe ich die Bedeutung demokratischer und kultureller ‚Institutionen'. Sie bieten zumindest einen gewissen Schutz vor der ‚Übergriffigkeit' dieser Medien oder allgemeiner: der allzu raschen Entwicklung neuer Techniken, was ja gleichzeitig bedeutet, dass die Verfallszeit' technischer Errungenschaften immer schneller vonstattengeht. Dadurch besteht die Gefahr, dass die Menschen mit dem Tempo der Entwicklungen nicht mehr mitkommen.

An dieser Stelle hakte ich ein und sagte:

Sie scheinen dennoch sehr auf eine ,Kontinuität der Entwicklung' zu hoffen, trotz Ihrer skeptischen Grundhaltung, die Sie immer wieder betonen. Aber mir klingt das zu sehr nach einem ,Weiter so', das ja nicht umsonst zum politischen Credo der Konservativen geworden ist. Mir ist das zu ,harmonisch' gedacht – früher hätte man gesagt: zu ,undialektisch'.

Ein Wirtschaftssystem wie der Kapitalismus ist seinem Wesen nach darauf angewiesen, ständig neue Bedürfnisse zu erzeugen, um die ,Wachstumsspirale' in Gang zu halten. Zu diesem Zweck muss die Ausbeutung menschlicher und natürlicher Ressourcen ständig gesteigert werden, ansonsten hat das System auf Dauer keine Überlebenschance. Daher muss die ,Umsatzgeschwindigkeit' von Innovationen ständig erhöht werden. Das ist ein Mechanismus, der unabhängig vom Willen der Beteiligten existiert. Man könnte sagen: ,Wer zu spät kommt, den bestraft der Markt'.
Diese Dynamik hat den Kapitalismus groß gemacht und zu einer ungeheuren Fülle an Innovationen geführt. Das hat Marx durchaus gesehen und auch anerkannt.

Aber schon damals galt: die Ressourcen sind endlich. Ihr Plädoyer für mehr ‚Langsamkeit' in diesen Dingen ist aller Ehren wert – aber die Mechanismen des Systems sind andere. Und insofern handelt es sich schon um eine ‚Systemfrage' und zwar in dem Sinne, dass wir unsere gesamte ‚Lebensweise' ändern müssen.

Er reagierte gelassen auf meine Einwendungen und meinte:

Ich gebe Ihnen in Vielem recht, und es zeigt sich ja jetzt überall, dass meine Generation einige dieser Themen sträflich vernachlässigt hat. Wir waren zu sehr mit dem ‚Wiederaufbau' des weitgehend zerstörten Landes beschäftigt, als dass wir diesen Entwicklungen die gebührende Aufmerksamkeit haben zukommen lassen. Auch ich sehe die Gefahr, dass die zuständigen Instanzen zu schwerfällig, zu spät und unzureichend reagieren. Aber was bleibt uns anderes übrig, als auf die Gefahren hinzuweisen?

Ich nahm seinen Hinweis auf und führte weiter aus:

Wenn ich an die ‚Klimakrise' denke und an die Gefahren, die für die gesamte ‚Schöpfung' von ihr ausgehen, komme ich zu der Einsicht, dass ein ‚Weiter so' in den sicheren Untergang führt. Eine solche Auffassung ist Ihnen wahrscheinlich zu ‚katastrophisch', aber ich den-

ke, es gibt viele Fakten, die für dieses Szenario sprechen. Übrigens sind diese Einsichten ja auch gar nicht so neu, obwohl sie erst jetzt von weiten Teilen der Gesellschaft wahrgenommen werden. Der ‚Club of Rome' hat bereits 1972 vor diesen Entwicklungen gewarnt. Aber sie wurden damals von der Politik und Öffentlichkeit weitgehend ignoriert. Insofern habe ich auch meine Zweifel, ob die ‚Wahrnehmungs- und Lösungskapazität' der von Ihnen geschätzten Institutionen ausreicht, derartigen Entwicklungen gegenzusteuern.

In dieser Hinsicht bin nun ich der ‚Skeptiker', wie Sie sehen. Es geht nicht mehr nur um die Verbesserungsfähigkeit oder Vervollkommnung einzelner Techniken. Ich finde, die gesamte Entwicklung ist uns längst entglitten und in gewisser Weise unumkehrbar. Nicht mehr wir beherrschen die Entwicklung; sondern sie beherrscht uns. Das gilt insbesondere für die neuen Kommunikationsmedien, von denen Sie gesprochen haben.

Marx hat diese Kritik in seiner ‚Entfremdungstheorie' formuliert, und sie ist in einem Maße Wirklichkeit geworden, wie wohl auch er selbst es kaum für möglich gehalten hätte. Marx beschreibt, wie Sie wissen, verschiedene Aspekte eines entfremdeten Verhältnisses des Menschen zur Welt: einer davon ist die ‚Entfremdung vom Produkt seiner Tätigkeit'; darüber haben wir gerade gesprochen.

Für mich ebenso wichtig ist die ‚Entfremdung des Menschen von sich selbst'. Das scheint das Schicksal des ‚modernen Menschen' zu sein. Sie machen keine bewusste Erfahrung mehr, dass sie es sind, die diese Dinge produzieren. Sie sind ihnen entglitten, und deshalb durchschauen sie die Verhältnisse nicht. Man könnte auch sagen: sie machen keine ‚Erfahrungen' mehr, die sie spüren lassen, dass sie keine bloßen Objekte sind, sondern lebendige Wesen. Das ist wohl damit gemeint, als Sie vorhin sagten ‚die menschlichen Erfahrungen verflachen'.

*

Er schien mir gleichzeitig zustimmen und widersprechen zu wollen, das sah ich ihm an. Während wir eine zeitlang schwiegen, dachte ich darüber nach, was er über die Bedeutung von ‚bürgerlichen Institutionen' für die Aufrechterhaltung des normalen Alltagslebens gesagt hatte. Für jemanden seiner Generation, die das Chaos und die Verwüstungen der Nazi- und Kriegszeit erlebt hatte, mögen sie ein Bollwerk gegen die skizzierten Entwicklungen sein. Meine Erfahrungen mit diesen Instanzen waren andere, und ich sagte:

Ich habe die bürgerliche Welt mitsamt ihren ‚Institutionen', ‚Verhaltensanforderungen' und ‚Zwängen' stets als eine mir feindlich gesonnene Welt erfahren. Das fing

mit den üblichen ‚Benimmregeln' in der Familie an;
setzte sich in der Schule fort, wo ‚Disziplin und Gehorsam' verlangt wurden und teilweise auch anders ‚gesprochen' wurde als bei uns zu Hause. Das Schlimmste
für mich war: das alles führte zu ‚Schamgefühlen', gegen die ich mich nicht wehren konnte. Damit stand
mein ganzes ‚Selbst' auf dem Spiel und ich begriff nicht,
was da vor sich ging. Scham wirkt wie ein schleichendes
Gift, man wird darüber asozial, entwickelt ‚Schuldge-
fühle' und ‚Selbstvorwürfe', weil man bestimmten Anforderungen nicht genügt. Das führte bei mir zeitweise
zu einer Art ‚Handlungslähmung'. Man traute sich
nichts mehr zu, weil es sowieso keinen Sinn machte,
sich dagegen zu wehren. Man erlebte sich selbst als ge-
scheitert und schämte sich dessen. So entstand allmählich ein existentielles Gefühl der Verlassenheit. Kurzum:
Sobald ich in irgendeiner Form in Kontakt mit dieser
mir fremden Welt geriet, spürte ich, dass ich nicht ‚dazu
gehörte'. Ich empfand sie als ‚exterritoriales Gebiet', zu
dem ich keinen Zutritt hatte.

Ich will Ihnen ein Beispiel erzählen: Als ich zehn Jahre
alt war und die Entscheidung anstand, ob ich eine höhe-
re Schule besuchen könnte, wurde mir dies mit dem
Hinweis verweigert, ich würde ohnehin nie studieren
können. Also blieb ich auf der sogenannten ‚Volksschu-
le'; übrigens eine treffende Bezeichnung..

Von früh an entwickelte ich daher unbewusst und nahezu zwangsläufig so etwas wie einen ‚antibürgerlichen Habitus'. Ich fühlte mich ganz einfach unwohl in diesem mir feindlichen Milieu. Selbst als ich begann, mir ‚bürgerliche Bildungsinhalte' anzueignen, wurde ich das Gefühl nicht los, dass diese mit mir nichts zu tun hatten und mich von den wesentlichen Dingen, die mir wichtig waren, nur ablenkten. Sie knüpften kaum an meine Erfahrungen an. Nur wenn dies der Fall war, setzten bei mir ‚Lernprozesse' ein, die mich motivierten, sich weiterhin mit den Dingen zu beschäftigen.

Selbst als ich später ‚Erfolg' hatte und durchaus ‚Anerkennung' erhielt, lauerte unter der Oberfläche, als eine Art ‚Unterströmung', immer das Misstrauen, ich hätte all das gar nicht ‚verdient'; so, als würde ich mich zu Unrecht mit etwas mir gar nicht Zustehendem schmücken.

Er hatte mir interessiert zugehört, und ich merkte ihm an, dass ich einen empfindlichen Punkt bei ihm getroffen hatte. Er blickte mich nachdenklich, ja geradezu ‚ernst' an und meinte:

Ich verstehe Ihre persönlichen Empfindungen sehr gut, weil auch ich ähnliche Erfahrungen gemacht habe. Dennoch habe ich die ‚antibürgerliche Attitüde' der Studentenbewegung immer kritisiert. Sie kam mir ‚komfortabel' vor, wenn ich so sagen darf. Ich hatte schon eine

,antibürgerliche Bewegung' kennen gelernt: den Nationalsozialismus. Natürlich setzte ich beide Bewegungen nicht gleich. Jedoch lief die biographisch motivierte Antibürgerlichkeit der Studenten Gefahr, zu einer Bedrohung der mühsam erreichten, einigermaßen akzeptablen Lebensverhältnisse der Nachkriegszeit zu werden.

Irgendwann habe ich mich dann dazu entschlossen, mich zum ,Mut zur Bürgerlichkeit' zu bekennen, weil ich zunehmend den Eindruck gewann, da läuft etwas gewaltig schief. Dabei möchte ich von vornherein eines klarstellen: Ich verstand unter ,Bürgerlichkeit' keine ,Spitzweg-Idylle' oder ,kleinbürgerliche Spießigkeit'. Für mich war sie der Inbegriff der demokratischen Errungenschaften der Nachkriegszeit: also ,parlamentarische Demokratie', ,soziale Marktwirtschaft', ,Sozialreformen' und selbstverständlich auch die ,Verbesserung der Lebensbedingungen der Arbeiterschaft' bis hin zu deren ,Integration' in die bestehende Ordnung. Was die Studentenbewegung als ,Verbürgerlichung des Proletariats' diffamierte, schien mir eine Alternative zur ,Revolution' zu sein, von der damals ziemlich leichtfertig, ja geradezu bekennerhaft, gesprochen wurde. So als ginge es dabei um ein ,Kaffeekränzchen'.

Die Studenten hatten den Arbeitern eigentlich nichts zu bieten, außer der vagen Aussicht auf ein zukünftiges Paradies, das allerdings nirgendwo existierte, auch nicht in den ,sozialistischen Ländern'. Es war daher kein Wunder, dass ihnen der ‚Schulterschluss‘ mit der Arbeiterbewegung nicht gelang; im Unterschied zu Frankreich, wo dies zumindest ansatzweise der Fall war.

Ich muss nicht eigens betonen, dass auch ich in vielen Bereichen der Gesellschaft erheblichen Verbesserungsbedarf sah. Aber nach meiner Auffassung ließ sich dieser noch am ehesten im Rahmen der bestehenden Ordnung realisieren. Über eine persönliche Bekanntschaft hatte ich Kontakt zu einem führenden Vertreter der reformistischen Gewerkschaftsbewegung. Wir kannten uns seit frühester Jugend, noch aus der Schulzeit. Zu meiner Überraschung und Freude stimmten wir in den wesentlichen Einschätzungen der politischen Lage überein, was mich wiederum bestärkte, meine Position noch offener und überzeugter zu vertreten.

Ich fragte ihn nach dem Namen des Gewerkschafters und stellte fest, dass auch ich ihn kannte. Es handelte sich um einen der wenigen linken Gewerkschafter, die versuchten, mit den Studenten ins Gespräch zu kommen. Ich hatte einmal einen Abend lang mit ihm diskutiert, und wir hatten uns seinerzeit gut verstanden, auch wenn wir in einigen Punkten nicht übereinstimmten. Er konnte zuhören, war nachdenklich und vertrat seinen Standpunkt mit Überzeugung; immer darauf bedacht, nach praktikablen Lösungen zu suchen.

Als ich meinem Gegenüber zu verstehen gab, dass auch ich den Mann kenne und schätze, staunte er nicht schlecht. Dann fuhr er fort:

Ich kam zu der Auffassung, dass die ‚Verweigerung der Bürgerlichkeit', die von den Studenten praktiziert wurde, ein Übel darstellt, das bekämpft werden muss. Ich setzte mich von da an aktiv für den Erhalt der liberalen, parlamentarischen Demokratie und ihrer Institutionen ein; wohl wissend, dass ich dadurch immer stärker ins ‚konservative Lager' geriet. Ich konnte diejenigen Teile der Studentenbewegung, die offene Sympathien für Diktatoren wie Mao, Stalin oder Pol Pot zeigten, einfach nicht mehr ernst nehmen; nein mehr noch: ich verachtete sie.

Was sollte ich dem entgegnen? Im Moment verspürte ich keinerlei Neigung, ihm zu widersprechen, zumal das leicht als Rechtfertigung dieser irrlichternden studentischen Grüppchen hätte verstanden werden können, für die auch ich nicht das Geringste übrig hatte. So zog ich es vor, zu schweigen.

*

Er kam später noch einmal auf ein Thema zurück, das ihn weiterhin beschäftigte.

Wissen Sie, ich habe noch einen anderen Grund, warum ich nicht glaube, dass ein radikaler Umsturz der gesellschaftlichen Verhältnisse zur Verbesserung unserer Lebenswirklichkeit führen würde. ‚Das Leben ist zu kurz'. Sehen Sie in dieser banalen Feststellung durchaus eine Quintessenz meiner ‚Lebenserfahrungen', von mir aus auch die ‚Lebensweisheit' eines alten Mannes.

Ich habe mir irgendwann klar gemacht, dass wir gar nicht die Zeit haben, alles noch einmal von vorn zu beginnen; Sie selbst haben von der drohenden Umweltkatastrophe gesprochen. Eine ‚Revolution', von der Ihre Generation so oft und gern gesprochen hat, würde uns nur tiefer in das Chaos stürzen. Ich misstraue ihr zutiefst. Revolutionen haben in der Geschichte bisher nur zu Terror oder zu Konterrevolutionen geführt, die schlimmer waren, als die Zustände vorher. Deshalb bin ich ein ausgewiesener Kritiker jener ‚Geschichtsphilosophie', die in der Geschichte einen ‚Fortschritt zur Freiheit' sieht. Aber das ist ein weites Feld, das wir hier nicht weiter beackern können.

Die existentielle Einsicht, dass das Leben kurz und endlich ist, könnte zu größeren Anstrengungen führen, das was ist, zu erhalten und zu verbessern. Wir leben im ‚Hier und Jetzt' und die Vertröstung auf ein künftiges Paradies – ob jetzt im religiösen oder weltlichen Sinne – überzeugt mich nicht. Ich halte es da mit Heinrich Heine, den ich im Übrigen hoch verehre: ‚Wir müssen hier auf Erden schon das Himmelreich errichten'. Nun gut: es muss ja nicht gleich das ‚Himmelreich' sein, aber eine bessere Welt als die unsere kann sich wohl ein Jeder selbst vorstellen.

Er hielt inne und blickte wie abwesend in den Garten hinaus, der zu dieser Jahreszeit in voller Blüte stand. Einige Vögel tummelten sich um eine Wasserstelle herum; alles war voller Leben. In diese Stimmung hinein meinte er:

Vielleicht klingen meine Einsichten Ihnen zu resignativ. Aber so sind sie gar nicht gemeint. Wenn ich auf mein Leben schaue, kann ich ganz froh sein, wie die Dinge gelaufen sind. Ich langweile mich nie; habe immer etwas zu tun – und wenn nicht, lese ich Kriminalromane oder male vor mich hin.

Wissen Sie, das Alter hat auch seine Vorteile. Man bildet einen feinen ‚Sinn für Tatsachen' aus und schaut den Dingen gewissermaßen schärfer ins Antlitz, was durchaus auch schrecklich sein kann, weil man begreift, wie endlich alles ist. Aber man wird im Alter gelassener. Ich weiß: meine Irrtümer liegen hinter mir. Auch das Streben nach ‚Anerkennung' und ‚Geltung'. Ich muss Niemandem mehr etwas beweisen. Und vielleicht ist es die Einsicht in die ‚Unvollkommenheit und Vorläufigkeit aller Bemühungen', die Angehörige meiner Generation ein wenig ‚demütiger' macht.

Ich erinnerte mich plötzlich daran, dass er früher im Umgang mit Andersdenkenden viel weniger verständnisvoll und zugänglich gewesen war. Er konnte durchaus sarkastisch und ungerecht sein. Für seinen Hang zur ‚Ironie' war er bekannt. Es war in gewisser Weise ein Markenzeichen von ihm und machte die Auseinandersetzung mit seinen Positionen nicht eben leichter. Darauf angesprochen, meinte er:

Die ‚Ironie' war für mich lange Zeit eine Art ‚Schutzwall', um mich gegen Einwände zu immunisieren. Und ich gebe zu, dass ich meine philosophischen oder politischen Gegner hin und wieder ‚bewusst missverstand'. Sie mich allerdings auch. So läuft das halt im Eifer des Gefechts, wenn alle versuchen, Recht zu behalten, Aufmerksamkeit zu erlangen und die eigene Position durchzusetzen. Man muss sich im Nachhinein und bei ruhiger Betrachtung tatsächlich wundern, dass gerade die ‚Intellektuellen' diese Spezialdisziplin besonders gut beherrschen: Das ‚Aneinandervorbeireden'. Da war ich keine Ausnahme. Manchmal habe ich den Eindruck, dass einige ganz gut davon gelebt haben.

War es diese Art von ‚Altersmilde' oder seine ‚Einsichten', die mich dazu brachten, ihn nicht weiter zu bedrängen? Ich hätte ihn noch gerne auf eine

Aussage ansprechen können, die er oft zitierte. Sie lautete:

Ich finde, dass unsere Gesellschaft mehr positive und mehr negative Eigenschaften hat als jede frühere Gesellschaft zuvor. Es ist heute zugleich besser und schlechter.

Aber über diese, wie ich fand, banale ‚Beschwichtigungsformel' ließ sich kaum diskutieren. Mit ihr konnte man alles relativieren oder auch kritisieren. Es kam nur auf die jeweilige Gewichtung an.

*

Mir ging noch so einiges durch den Kopf, als wir eine zeitlang schwiegen. Im Grunde hätten wir unser Gespräch von vorn beginnen können. Aber eines interessiert mich nun doch noch. Ich wollte wissen, welche Bedeutung er der *Kunst* beimisst.

Ich wusste, dass er zeitlebens gemalt hatte, aber nie mit seinen Werken an die Öffentlichkeit getreten war, obwohl es hieß, er sei ein ganz passabler Maler. Als ich ihn darauf ansprach, hellte sich sein Gesicht auf, und ich sah ihm an, dass er froh war, dass wir das Thema wechselten. Er schien jetzt wieder ganz bei sich zu sein und sagte:

Für mich hatte die Kunst – ich würde lieber von den Künsten sprechen, weil ich auch die Musik und Literatur dazu zähle – immer eine 'Kompensationsfunktion'. Als ich begann, Kunstgeschichte zu studieren, war es der Wunsch, dem Grauenvollen, das ich erlebt hatte, etwas entgegen zu setzen. Eine andere Sicht auf die Welt, vor allem auf die Natur. Dieses Bedürfnis war übermächtig, obwohl ich nie eine naive Sicht auf die Natur hatte. Ich sah schon, dass in ihr durchaus so etwas wie 'Schöpfungshärte' herrschte. Aber überwiegend bewunderte ich sie als ein 'System', das eine erstaunliche Fähigkeit besaß, sich anzupassen, zu reproduzieren und auszudifferenzieren.

Irgendwann fing ich an, selbst zu malen. Es war für mich ein neuer Zugang zur Welt um mich herum. Gleichzeitig entlastete mich das Malen, denn Sie können sich vorstellen, dass ich einiges zu verarbeiten hatte, und meine Zukunft war in einem Maße ungewiss, dass ich heute kaum noch begreife, wie ich das alles bewältigt habe. Vielleicht war es einfach nur der unbedingte Wille, zu überleben.

Großartige künstlerische Ambitionen hatte ich nicht, und an eine Existenz als Künstler war nicht zu denken. Ich begnügte mich damit, die Dinge 'etwas ansehnlicher' zu machen. Eine weitere 'Kompensationsfunktion' kam hinzu: Die Beschäftigung mit philosophischen Problemen fiel mir nicht leicht. Sie strengte mich über alle Maßen an, und es bedurfte geduldiger Lehrer, um mich ‚bei der Stange zu halten'. Nach und nach wurde die Beschäftigung mit Philosophie zum Beruf, und gelegentliche Erfahrungen von ‚Erkenntnisglück' führten dazu, dass ich mit großer Ernsthaftigkeit meine Studien betrieb. Dagegen war die Beschäftigung mit der Malerei für mich stets eine ‚schöpferische Tätigkeit' jenseits methodischer Zwänge und gültiger Normen. Ich genoss sie in vollen Zügen. Man könnte auch sagen: Beim Malen fühlte ich mich ganz bei mir.

Erst viel später habe ich begonnen, ‚philosophisch' über diese Dinge nachzudenken. Ich dachte darüber nach, wie man der ‚Verarmung der sinnlichen oder geistigen Fähigkeiten' der Menschen entgegen wirken könnte, das, was wir vorhin in unserem Gespräch als ‚Verflachung der menschlichen Erfahrungen' bezeichnet haben.

Ich kam dahin, dass die ‚Geisteswissenschaften im weitesten Verständnis' diese Leerstelle vielleicht ein stückweit kompensieren könnten. Heute wäre ich da skeptischer, weil ich sehe, dass sie damit überfordert wären. Aber damals sah ich diese Möglichkeit, und neben der Philosophie hoffte ich, dass auch die Kunst möglicherweise ein Medium sein könnte, dazu beizutragen. Mir schwebte vor, auf eine ‚Kultur der Langsamkeit' hinzuwirken, um den durch die Technik bewirkten ‚Entzauberungen' einen ‚ästhetischen Sinn' für ‚Erinnerungen' und ‚Wiederentdeckungen' gegenüber zu stellen.

Aber das war natürlich schon damals nicht mehr als eine vage Hoffnung oder gar eines der vielen Irrtümer, denen ich im Laufe meines Lebens erlegen bin. In dieser Hinsicht fühle ich mich dem ,Herrn Keuner' von Brecht sehr verbunden.

Mir wurde oft vorgeworfen, ich wolle die Defizite der technisch-rationalen Entwicklung nicht wahrhaben, sie harmonisieren oder gar verdrängen, um mit untauglichen Mitteln zu versuchen, die ,Entzweiung der Wirklichkeit' zu überwinden. Zweifel an dem Konzept waren durchaus angebracht, denn auch ich stellte mir die Frage, ob die ,geistigen' Möglichkeiten ausreichen könnten, die technologisch bedingten Fehlentwicklungen aufzufangen, zu mildern oder was auch immer. Aber trotz aller Zweifel blieb ich ein ,Kontinuitätsanhänger'. Falls die Kompensationsangebote nicht ausreichen würden, müssten sie eben verfeinert und weiterentwickelt werden. Ich forderte von den Philosophen, eine Art ,Inkompetenzkompensationskompetenz' zu erwerben. Das war meine vielleicht etwas naive Zuversicht. Dabei sollte der ,Kunst' die Aufgabe zukommen, auf neue Möglichkeiten der menschlichen Existenz hinzuweisen oder zumindest die Erinnerung an eine andere Art zu leben wach halten. Insofern bekäme die ,ästhetische Erfahrung' einen gewissen ,Modellcharakter'. Ich sagte mir, die Kunst ist langlebiger als Technik und Konsum; und diese Einsicht ist nach wie vor meine Hoffnung. Sie wissen ja: Letztere stirbt zuletzt.

Ich verspürte keinerlei Neigung mehr, abermals einige Einwände gegen seine Einsichten vorzubringen. Zum Beispiel hätte ich ihn gern gefragt, ob es nicht sinnvoller wäre, neue ökonomische und technologische Pfade zu begehen, die sich weniger zerstörerisch auf die Natur und Menschheit auswirken würden. Aber ich wäre mir ein wenig ‚besserwisserisch' vorgekommen, zumal auch ich nicht wusste, wie man dahin kommen könnte.

Wissen Sie, in bin kein Experte in diesen Fragen, fuhr er fort. *Ich bilde mir meine Meinung wie jeder andere auch. Ich lese Zeitung und informiere mich in den Medien so gut ich kann. Wenn Sie so wollen, ist das Zeitungslesen mein ‚Morgengebet'. Natürlich habe ich meine Zweifel, das sagte ich ja schon. Ich bin aber der Meinung, dass unsere Zweifel uns nicht vollständig blockieren und ‚handlungsunfähig' machen dürfen. Brecht hatte den Wahlspruch: ‚An allem ist zu zweifeln', und sein Gedicht über den Zweifel hing jahrelang auch über meinem Schreibtisch im Philosophischen Institut. Aber auch einer wie Brecht, der wesentlich kompetenter in Dingen der Weltveränderung war als ich, glaubte schließlich daran. Oder sagen wir besser: hoffte darauf. Ich denke, auch er war ‚Skeptiker', war aber dennoch der Auffassung, dass ‚die Menschen die Aufgaben, die sie sich stellen, auch lösen können'. Ich glaube, so ähnlich hat sich auch Marx geäußert. Vielleicht ist ja in jeder Aufgabenstellung die Lösung des Problems schon enthalten? Dies zu enträtseln, dazu haben wir Intellektuellen unseren Beitrag zu leisten, weil wir die Zeit haben, uns mit diesen Dingen zu beschäftigen. Also machen Sie und Ihresgleichen sich an die Arbeit. Auf mich können Sie dabei nicht mehr rechnen.*

*

Wir hätten unser Gespräch noch lange fortsetzen können, und ich fragte mich: Hätte man früher miteinander reden sollen? Die Frage ist im Nachhinein müßig: Es gab auf beiden Seiten Gründe dafür, warum wir nie ins Gespräch kamen. Es gab damals keine gemeinsame Sprache zwischen unseren Generationen. Jetzt, nach Jahrzehnten, war das anders, und ich bin froh darüber, den Versuch gemacht zu haben. Auch in dieser Hinsicht ist es nie zu spät.

Als wir uns voneinander verabschiedeten, wusste jeder von uns, dass wir uns nicht wiedersehen würden. Ich schaute mich noch einmal um. Er stand am Gartentor und hob langsam seinen Stock. Vielleicht dachte er das gleiche wie ich: Ob man vielleicht doch früher hätte miteinander reden sollen?

Erst viel später, als er längst gestorben war, erfuhr ich, dass seine Bilder doch noch den Weg in die Öffentlichkeit gefunden hatten. Freunde von ihm hatten eine Ausstellung organisiert, und es sollen beachtliche Werke darunter gewesen sein.

Angaben zum Autor

Joke Frerichs; Jahrgang 1945; Dr. rer. pol.; Studium der Philosophie, Soziologie, Politikwissenschaft und Germanistik.

Veröffentlichungen u.a.:
„Zugänge. Wie man aufwächst, so denkt man" (2005); „Begegnungen" (2007); „Selbstgespräche. Gedichte und Poeme" (2010); „Opas Welt. Erinnerungen an meinen Opa und meine Kindheit in Emden" (2011); „Die Mission", Roman (2011); „Einfach mal drauflos fahren – Episoden von Reisen" (2013, 2. Aufl. 2014); „Gespräch mit einem langen Schatten", Roman (2013); „Das Leuchten der Stille". Ausgewählte Gedichte (2014); „Das Haus des Dichters", Roman (2016); „Inside out. Die Welt lässt sich nicht umarmen", Journal der Jahre 2005-2015; „Die Schatten werden länger", Journal 2016; „Kontinuitäten und Brüche. Versuch einer Selbstbeschreibung" (2017); „Gegenblende", Journal 2017; „Flugsand", Journal 2018; „Intervalle", Journal 2019; „Farewell", Journal 2020; „Zeit der unverhofften Bilder", Roman (2020); „Zimmerschied. Eine Oase im Grünen" (2021); „Gelebte Alltagskultur. Episoden aus dem Basil's" (2021); „Weitermachen", Journal 2021.

Zusammen mit Klaus Frerichs: „Einer schreibt, einer malt. Zwei Brüder aus dem Emder Arbeitermilieu finden ihren Weg" (2017).

Zusammen mit Petra Frerichs: „Lesespuren. Notizen zur Literatur" (2011); „Leben braucht keine Begründung. Zum literarischen Werk von Dieter Wellershoff" (2012); „Literarische Entdeckungen. Vergessene und neu gelesene Texte" (2012, 2. Aufl. 2018); „Leben und Schreiben – was sonst? Ein Streifzug durch die Werkausgabe von Dieter Wellershoff" (2014); „Das Mysterium der Suche" (2014); „Dieter Wellershoff. Eine Begegnung der besonderen Art" (2019).

Beide schreiben für den *Blog der Republik*.

Weitere Informationen
www.joke-frerichs.de